KB188588

아기 반딧불이

| 이길남 동시 / 그림 |

　운동장에서 공을 차는 아이들의 모습과 함성소리가 참 좋습니다. 아이들은 친구들과 씩씩하게 뛰어놀기도 하고 수업 시간에 선생님과 재미있게 수업도 하며 하루하루 잘 자라나고 있습니다.

　또 음악을 좋아하는 아이들은 열심히 악기를 연주하기도 하고 책을 좋아하는 아이는 날마다 도서실을 찾아와 책 읽기에 여념이 없습니다. 친구와 다정하게 어울려 다니기도 하고 꽃과 곤충들을 관찰하며 사진도 찍고 그림도 그리는 아이들을 봅니다.

　초등학교에 근무하면서 이렇듯 날마다 대하는 아이들이 있어서 저는 참 행복합니다. 아이들의 순수한 모습을 보며 어린 시절을 떠올리기도 하고 몰랐던 새로운 사실을 깨닫기도 하고 가끔은 아이들을 통해 많이 배우고 있습니다.

　'띵까띵까' 동시집 발간한 지 4년이 흘렀습니다. 아이들의 글쓰기 돕는 일이 좋아 아이들과 동시 동아리를 만들어 운영하다보니 틈틈이 써둔 동시들이 모여 또 한 권의 새로운 동시집으로 탄생했습니다.

　이번 동시집 역시 자연의 아름다움, 가족의 소중함, 살아가면서 느끼는 행복에 대한 글이 많이 실렸습니다.

아이들의 눈으로 사물을 바라보며 아이들을 중심에 놓고 생활하는 것이 습관처럼 되어 제 자신이 가끔은 아이가 되기도 했습니다. 어른들의 눈으로는 별것도 아닐 일들이 아이의 눈에는 신기하고 멋지게 보인다는 것을 알고 있습니다.

동시를 읽는 독자들 역시 새로운 자연 속에서 생명, 가족, 친구의 소중함을 다시 한 번 느껴 보시고 행복한 마음으로 하루하루를 지내시기 바랍니다.

2020년 11월 4일
전주 중인동 옥성골든카운티에서
이길남

□ 목차 □

제1부
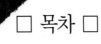
아기 반딧불이

제2부
빰빠라삐아

제3부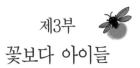
꽃보다 아이들

제4부
야옹이 스크래치

아기 반딧불이

제1부

아기 반딧불이

민들레

보도블록 사이로 얼굴을
쏘옥 내민
민들레는 힘이 장사다

거대한 지구를 움켜쥐고 있는 것을 보면

환히 웃는 민들레야
씩씩한 네 모습을 보니
나도 힘이 솟는다

기러기

기러기떼가 하늘을 날아간다
기러기가 한글을 배웠나보다

'ㅅ'자 대형으로 날다가
'ㅡ'자 대형으로 날아간다

앞서가는 안내 기러기
뒤따라가는 기러기들

기러기들이 질서를 잘 지킨다

쑥쑥

봄 언덕에서 쑥들이

여기도 쑥
저기도 쑥

쑥쑥 자라고 있다

한 바구니 캐서
집으로 왔다

향기 좋은 쑥국 먹고
나도
쑥쑥 자랄 것이다

아기 고양이

길거리를 떠돌다가
우리 집에
선물처럼 들어온 고양이
아기 고양이

책상 위에 올라앉아
목방울을 울리고
소파 밑에 숨어서
야옹야옹
노래를 하는

아기 고양이는 나의 친구
우리 가족

아카시아

아카시아 꽃이 핀 날
하얀 도화지와 크레파스를 들고
아카시아 나무에게 갔다

아카시아 나무를 그리고
흰색을 칠하자
하얀
아카시아 꽃들이 피기 시작했다

벌들이 윙윙거리고 나비가 춤을 추자

눈부신 햇살 아래로
아카시아 꽃비가 내렸다

버들강아지

봄바람이
"요요요"
버들강아지들을 부른다

버드나무 가지마다
버들강아지들이
빼꼼빼꼼 눈을 뜬다

아직 겨울이 다 가지 않았는데
버들강아지가
제일 먼저 냇가에 나왔다

참새 학교

아이들이 쉬는 날엔 참새들이 학교 주인

1교시는 노래 부르기 시간
짹째기 째잭짹
짹짹짹 짹째기

다음은 체육시간
배롱나무 가지 사이를
통과하기 실시!
토끼풀 더미에서
폴짝 쏙 폴짝 쏙
점프연습

점심시간이 되면
꽃밭에서 콕콕콕
맛나게 쩝쩝쩝

아이들이 쉬는 날엔 참새들이 학교 주인

아기 나무

작고 귀여운 아기 나무
바람이 쓰다듬고
빗방울이 씻겨주지요

나무는 손가락을 뻗어
하늘도 붙잡아보고
바람도 붙잡아보고
심심한 날에는
초록부채 흔들어
새들을 불러모아요

거미네 집

나무와 나무 사이에 걸린
거미네 집은
오르내리기를
수없이 반복하여 만든
거미의 작품이다

물방울 대롱거리는 거미집은
은실로 곱게 짠
하늘 그물

흰 구름이 지나가다 걸리고
아침 이슬이
다이아처럼 대롱거린다

<경고!>
날벌레 여러분
거미의 작품에 절대 손을 대지 말 것

노란 꽃등

호박꽃이 피었다
담장 위에

벌이 호박꽃 속으로
들어가자
노란 꽃등이 되었다

밤하늘에 빛나는
호박꽃 별

동화나라 불빛

저것은 살아있는 별
연둣빛 별

꽁무니에 매단 저것은
동화나라로 안내하는
환한 불빛

캄캄한 밤하늘에 날아다니는
작은 별

초롱꽃

초롱꽃이 초롱초롱
등불을 내다 걸었다
보랏빛 예쁜 등불

청사초롱 불 밝히면
신랑은 말을 타고
신부는 가마 타고

너는 아빠 나는 엄마
사금파리 까끔살이
우리는 한 가족

밤새도록 불을 밝힌다
초롱초롱 밝힌다

청개구리와 고양이

작은 청개구리 한 마리가
어디로 들어왔을까

고양이가 가까이 가서
조심조심
발을 내밀까 말까

청개구리가 펄쩍!
고양이는 후다닥!

땡감과 홍시

감나무에
땡감이
다글다글 열렸다

가을이 되면
땡감은
홍시가 된다

아이가 자라서
어른이 되는 것처럼

토끼와 거북

토끼와 거북이의 달리기에서
거북이가 이겼다
용궁에 갈 때는
토끼가 이겼다

현재까지의 대결은
일대일

다음 경기에서는 누가 이길까
토끼?
거북이?
왜 이렇게 궁금하지?

콩꽃

콩국수에서는 콩꽃이 핀다

콩밭에 핀 작은 보라꽃
콩꽃은
콩국수가 되는 꿈을 꾼다

이가 없는 할아버지 할머니를 위한
최고의 콩국수

호박

누가 못생긴 호박이라고
흉을 보나요

호박잎은 쪄서 먹고
호박 된장국은 정말 구수해요

배가 출출할 때는
호박전이 제일이고요

늙은 호박 팔팔 끓여
호박죽을 쑤는 날에는
이웃들과 맛나게 나눠 먹지요

아기 반딧불이

여름밤이었다

냇가에서 울고 있던
아기 반딧불이가
꽁무니에
별을 달고
하늘로 치솟았다

은하수 건너 저편으로 간
엄마가
보고 싶어서

아기 반딧불이는
밤이 새도록
밤하늘에서 반짝거린다

장미 꽃밭

우리 집은
장미꽃이 만발하는 집

빨간 장미 분홍 장미
노란 장미 흰 장미

바람결에 장미향이
은은하게 퍼지면

우리 가족 얼굴도
장미꽃처럼 환하지요

우리 가족 몸에서는
꽃향기가 나지요

할미꽃

할아버지 무덤가에
할미꽃이 피었다

할머니는 죽어서도
할아버지가
걱정되나 보다

해마다 봄이 오면
고부라진 채
할아버지 무덤을 지키는
할머니

허리를 펴시라고
지팡이를 갖다드려야겠다

해바라기 얼굴

햇님만 바라보며 살더니

해바라기 얼굴이
완전히
까맣게 탔다

너무 까만 얼굴이 창피한지
오늘은 하루종일
고개 숙이고 있다

풀벌레

가을이 오는 것은
저녁에 우는
풀벌레 소리로 알아요

잠자리에 누우면
찌르찌르 쪼로로록
풀벌레들의 노래가 시작되지요

끊어질 듯 이어지는
노래를 듣다보면
스르르 잠이 들지요

해바라기와 채송화

해바라기는 채송화가
부러워서 올려다보고

채송화는 해바라기가
부러워서 내려다본다

한집에 사는
해바라기와 채송화가
참 다정하게도 피었다

이사 가는 개미

비가 오려나 보다
개미들이
이사 가는 것을 보니

고 작은 것들이
고물고물 모여
이고 지고 이사를 간다

앞서거니 뒤서거니
바쁘게
이사를 간다

비야 오지마라
개미들이 이사 가는 동안이라도

소금쟁이

개울물 흐르는데
소금쟁이 찾았다

물 위에 네 발로 서서
이리저리 다닌다

소금쟁이 신발을
팔았으면 좋겠다

여기 반딧불이

제 2 부

빰빠라삐아

소나기

축축 늘어져 있던
호박잎이
누렇게 뜬 강아지풀이

선 채로 앉은 채로 누운 채로
한바탕 소나기를 맞더니
싱싱해졌다
새파래졌다

뜨거운 여름날
소나기는 보약이다

천 원짜리의 갈등

놀이공원에서
후름라이드 타려고 줄을 서 있었다

바람이 불자
천 원짜리 한 장이
나뭇잎들과 함께
슬그머니 내 곁으로 굴러왔다

본 사람이 아무도 없다
이걸 주울까?
말까?
갈등이 생긴다

슈퍼문

친구야, 너는 나의 슈퍼문이야
나도 너의 슈퍼문이면 좋겠어
우리 서로의 가슴 속에 슈퍼문으로 뜨자

* 슈퍼문 : 보름달 중에서 지구와 달의 거리가 평소보다 가까워지는
　　　　시기에 뜨는 보름달

철수

수학시간이었다

더하기를 잘하는 사람 보다
빼기를 잘하는 사람 보다
곱하기를 잘하는 사람 보다
나누기를 잘하는 사람이 되라고
선생님이 말했다

수학시험 볼 때마다
빵-빵-빵
빵점을 받는 철수가 박수를 쳤다

집에 와서 생각했다
왜 철수가 박수를 쳤을까?

50

성냥개비

할머니네 집 부엌에서는
나무로 불을 땐다

성냥개비 하나로
장작에 불을 붙여
솥에 있는 물을 끓이고
방을 따뜻하게 만든다

고 작은 성냥개비 하나가
참 기특하다

요리 프로그램

텔레비전에서
요리 프로그램을 방송한다
각종 소스를 입히고
버터바른 쇠고기를 굽는다
양배추와 당근도 볶는다

냄새도 안나고
맛볼 수도 없는
텔레비전 속 요리

주방에서 맛있는 냄새 풍기며
엄마가 만들어주시는
제육볶음이 난 더 좋다

김치 부침개

항상 내 편인 할머니
난 할머니 앞에서는 언제나 대장이다

"할머니, 나 김치적~"

김치 부침개보다
왠지 더 맛있게 느껴지는
우리 할머니표 김치적

첫 눈 내린 날

수업시간에 내리기 시작한 눈이
운동장에 많이 쌓였다

하교 시간이 되었다
나랑 내 친구는
눈을 뭉치고 굴려
교문 옆에 눈사람을 완성했다

내일 아침
친구들이 깜짝 놀랄
신랑 눈사람
신부 눈사람

첫 눈 내리는 날
우리 곁에 왔다

모여 모여

산이 아름다운 것은
굽은 나무들과
못생긴
바위들이 있기 때문이다

시냇물이 졸졸졸 흐르는 것은
크고 작고
울퉁불퉁한
돌멩이들이 있기 때문이다

아무 것도 아닌 것들이
모여 모여
힘을 보태면

숲이 되고 시냇물 소리를 만든다

하루해

이른 아침부터 일어나
하늘을 가로지르던 해가
드디어 서산에 도착했다

할 일을 다한 해가
오늘 하루도 보람있었다고
따뜻한 하루였다고
산을 넘어가며 인사를 한다

주황빛으로 물든 구름도
내일 보자고 인사를 한다

시계

아침부터 저녁까지
째깍째깍

아침 7시
저녁 7시

시각은 같지만 시간은 달라요

벽시계는 벽에서
손목시계는 손목에서

시간이 잘도 갑니다

감자가 좋아

감자 수제비
감자볶음
버터구이 통감자
감자전

감자는 다 맛있다

불량감자라거나
못생긴 감자라는 말을
나는 절대 못한다

술래잡기

연못 속의 금붕어가 보이지 않았다
돌 틈에 숨었는지
수초 속에서 잠이 들었는지

연못이 고요하다

금붕어에게 어디 있느냐고 소리쳤지만
대답이 없다

금붕어가 보고 싶어 연못가를 빙빙 돌았다

나와 금붕어의 술래잡기는
지금도 끝나지 않았다

사람이라서

하늘을 날고 있는
갈매기의 날개짓도
뜨거운 햇살 아래 바위 위의 따개비도
정해진 길을 따라 살아가고 있단다

먹이 찾는 갈매기가
하늘 높이 날아보듯
숨어사는 따개비가 바위 위로 올라오듯
사람은 원하는대로 하고픈 일 한단다

바람우체부

감나무는 목이 말랐어
햇볕이 너무 따가웠거든
하늘에 흰 구름만 동동 떠가고
눈 뜨기도 힘들었지
그 때였어
누군가 감나무를 흔드는 거야
잎이 살랑 흔들렸지 몸이 흔들 했어
순간 감나무는
바람우체부가 왔다는 것을 알았어
구름이 보낸 소식을 전해 주는 거야
오늘밤부터 비가 온다고
힘들어도 조금만 참으라고
그때부터 감나무는 힘이 생겼어
지금도 감나무는 쑥쑥 자라지
바람우체부의 덕이야

내려다보면

앞산에서 우리 집을
내려다보면
아주 작게 보여요
길들은 실처럼 가늘게 보여요

저렇게 작은 집 속에서
어떻게 살지?
저렇게 가는 길에
자동차가 어떻게 다니지?

앞산에서 내려다보면
집들은 납짝 엎드려 있고
길은 길끼리
손을 꼬옥 잡고 있지요

연 날리는 아이

높은 하늘을 바라보며
매서운 바람을 느끼며
연을 날리는 저 아이는

분명
꿈도 클 것이다

연을 한 번도 본 일이 없는 아이야
연 날리는 아이를 봐
얼마나 신이 나는지
기쁨이 얼마나 큰지 알게 될꺼야

시골 아침

뾰로롱 쨱
찌글 찌글 쨱

신기한 새 소리에
잠을 깼다

아, 공기가 상쾌하다

역시 할머니네 집은
좋다

잠자리의 고민

파란 하늘은 너무 넓어
30cm 잣대로는
잴 수가 없어
손바닥으로는
가릴 수가 없어

꽃밭에는 예쁜 꽃이 너무 많아
몇 송이인지
셀 수가 없어
꽃 이름을 다
알 수가 없어

세상은 넓고 배울 것은 많은데
놀고 싶은 나는 어쩌나
어쩌면 좋아?

빰빠라삐야

코로나 19를 피해
우리 가족 오랜만에 캠핑을 갔다

계곡물 소리 시원한 소나무 그늘 아래
텐트 치고 돗자리도 깔고

고기도 구워먹고
라면도 끓여먹고

수박 잘라 먹고
포도도 먹고

엄마, 아빠, 나 셋이서
빰빠라삐야 삐야삐야
행복한 노래를 불렀다

설거지

밥 다 먹고 설거지를 해요

그릇들과 수저들
거품으로 바글바글 씻어주고
수돗물로 뽀득뽀득
닦아줘요

깨끗이 헹궈주면
맨들맨들 반짝반짝

우리 엄마 미소에
내 기분은 짝짝짝

단풍잎

단풍잎이 빨간 것은
하루 종일
해님을 바라봤기 때문이다

단풍잎이 노란 것은
밤새도록
달님을 바라봤기 때문이다

오래 바라보고 살면
서로 닮아간다

노을

서산을 넘어가는
노을은
서산 뒤가 궁금하기 때문이다

수평선을 넘어가는
노을은
바다 속이 궁금하기 때문이다

서산을 넘어가는 노을이
수평선을 넘어가는 노을이

내일 다시 오겠다며
약속처럼 왔다가 약속처럼 간다

신발 속에 명중

현관에서 신을 신는데
오른쪽 신발이
축축하다

보나마나 우리 집 땡칠이가 한 짓이다

저와 놀아주지 않으면
노란 오줌을
담아놓는다

용케 내 신발을 알아내고
신발 속에 명중시킨다

땡칠이가 군대에 간다면
1등 사수는 틀림없다

김밥 열차

김밥을 만들어 놓고 보니
기차소리가 들린다
칙칙폭폭
달리는 기차다

말줄임표(……)같은
칸칸마다
손님을 싣고 가듯이
김밥 조각마다
햄 시금치 당근 단무지가
웃고 있다

여기 반딧불이

제 3 부

꽃보다 아이들

엄마 이름

우리 엄마 이름은 많지요

동네 아줌마들은 철수 엄마
동네 할머니들은 순창댁
어떤 사람들은 사모님

나는 그 중에서 철수 엄마가 제일 좋아요
철수가 바로 '나'거든요

행복한 식탁

따뜻한 밥과 국
맛있는 반찬들을 올리고
웃고 있는 우리 집 식탁

꼭꼭 씹어라
천천히 많이 먹어라

엄마 아빠가 텃밭에서 가꾼
각종 채소들이
맛있는 김치가 되고
나물이 되어

우리들은 키가 큰다
삼시세끼가 즐겁다

낚시 구경

아빠를 따라 낚시터에 갔다

낚싯대에 미끼를 끼우고
휙~ 던진 후
찌를 잘 봐야한다

찌가 흔들린다
물밑에서 물고기가 건들기도 하고
바람에 그냥 흔들리기도 한다

저수지 물 속에 붕어가 많다는데
아빠는 오늘 두 마리 잡으셨다

낚시는 힘들고
시시하기도 하다는 것을
처음으로 알았다

할머니의 등

아빠에게 혼날 때
할머니의 등 뒤로
숨었다

낯선 사람이
이름이 뭐냐고 물어올 때
할머니의 등 뒤로
숨었다

할머니의 등 뒤로 숨을 때마다
향긋하고
고소한
냄새가 났다

우리 엄마

드라마를 보면서 하하 웃고
드라마를 보면서 가끔 울기도 하는
우리 엄마

오늘은 미장원에 가더니
뽀글뽀글
라면 머리를 하고 왔다

흥얼거리며 식탁을 닦는 우리 엄마
드라마에 나오는 여주인공 같다

내 맘이 아파요

실수로 떨어뜨린 컵 때문에
엄마의 발가락이 아프대요

내가 다친 것은 아닌데
내 마음이 너무나도 아파요

엄마와 나는 아마도
보이지 않은 끈으로 이어졌나봐

엄마 발가락에 약을 바르고
호호 호호 불어봅니다

웃음 가족

아빠가 하하하 하면
엄마가 호호호 답한다

누나가 깔깔 거리면
나도 괜히 히히 거린다

웃음들이 모여모여
행복한 우리 집은
웃음 가족

아가

웃는 아가는 햇덩이다
우리 집을 밝게 해주는
햇덩이

해가 뜨면
세상이 밝은 것처럼

햇덩이가 웃으면
우리 가족은 따라 웃는다

엄마 일찍 오세요!

비가 세차게 와요
바람이 창문을 흔들어요
세상이 깜깜해요
천둥번개가 쳐요

봄비는 좋은데요
장맛비는 무서워요

엄마 오늘은 일찍 오세요!

하루 두 번 우는 아이

유치원 입구에서
엄마와 떨어지기 싫다고
한 아이가
울고 있다
목청이 터져라 운다

선생님이 개구리 인형을 보여주며
개골개골
청개구리야
울음 뚝!

하원 시간되자
엄마가 아이를 데리러 왔다

이젠 집에 안 간다고 운다
청개구리처럼 운다
선생님이랑 더 있을 거라고 떼를 쓴다

거미 낙하

천장에서 거미 한 마리가
거꾸로 내려온다
우리집 식탁 위로

저녁밥 같이 먹자고
내려오다가
내 눈에 딱 걸렸다

놀라서 소리지르는 동생과
반찬그릇을 옮기려는 엄마

난 거미줄을 잡고
조용히 창문 밖으로 내보낸다

친구 생각

칠월 칠석에 견우와 직녀가
까막까치들이 놓은
오작교에서
한 해에 한 번씩 만난다는 데

서울로 전학 간 친구야

기차도 있고 고속버스도 있는데
우리는 왜
일 년에 한 번도 못 만나지?

너는 나를 잊었겠지만
나는 너를 잊지 않았다

매운 떡볶이

새빨간 고추장 듬뿍 넣은
떡볶이 한 접시
입안에 침이 고여요

한 입 먹자 화르르
두 입 먹자 줄줄줄

떡볶이가 너무 맛있어
눈물이 납니다

삼겹살 데이

오늘은 3월 3일 삼겹데이라고
우리 집
삼겹살 파티가 벌어졌다

숯불 피우고 상추 씻고 마늘 까고

노릇노릇 구워진
삼겹살이 군침을 돌게 한다

아빠는 소주 먼저 한 잔
캬아~
기가 막힌다고
엄마도 소주 한 잔
당근~
소리치며 잔을 부딪친다

삼겹살 데이가 날마다 돌아오면 좋겠다

엄마의 밥

자고 일어나면
우리 엄마 하는 말
"밥 먹어야지"

학교 갔다 집에 오면
우리 엄마 하는 말
"밥 먹어야지"

엄마의 밥 덕분에
난
마음의 살이 찐다

외할머니의 간장게장

외갓집에 갔더니
귀한 손주 왔다고
외할머니가
간장게장을 꺼내 주셨다

간장게장은 밥도둑이라는 말은
참말이었다

밥 한 그릇을 뚝딱 해치우니
할머니께서 좋아하신다

이번 주 토요일에 또 가고 싶다
외할머니의 간장게장 만나러

난 애기가 아니야

내가 애기였을 때
엄마 등에 업혀서 잤다

지금은
엄마를 내 등에 업을 수 있다

엄마가 못 내리는 그릇
내가 내려 드린다

아직도 나를 애기라고 부르는 엄마
엄마
난 애기가 아니야

그림자 밟기 놀이

학교 운동장에서
친구들과 그림자 놀이를 했다

선생님은 심판
술래는 나

내가 친구들을 쫓아가
그림자를 밟으면 이긴다

친구들이 뛴다
친구들 그림자도 뛴다

그림자 하나 밟았다
이번에는
내 친구가
술래다!

어항 속 구피

어항 속에서 살고 있는
구피 일곱 마리
무지개처럼 참 곱다

작은 어항 속이 구피에게는 우주

하늘에서 먹을 것이 내려오고
집이 더러워지면
깨끗이 청소를 해 주는
구피의 엄마는
바로
우리 엄마

엄마가 어항 가까이 가면
구피들은
꼬리를 흔들면서 춤을 춘다
고맙다며 사랑한다며

시소

올라갈 때 야호 내려갈 때 쿵덕
시소는 양팔 저울

몸무게가 많이 나가는 철수는
혼자 타고
가벼운 나와 순영이는
둘이 탄다

우리가 내려가면 철수가 올라가고
철수가 올라가면 우리가 내려간다

시소는 거짓말을 하지 않는다

꽃보다 아이들

맨드라미 봉숭아꽃 앞에
아이들이 옹기종기 모여있다

닭벼슬 같은 꽃이 신기하다고
손톱에 물들이는 꽃이라고
저마다 한마디씩 한다

꽃을 보며 자라는
꽃보다 훨씬 예쁜 아이들

등산

햇살 좋은 봄날
엄마하고 산에 갔어요

큰소리로 메아리를 불렀어요
산이 흔들흔들 했어요

내려오는 길에
나무들이 새로난 잎을 내밀었어요

엄마는
산 사람이 되려고 산에 오르는 것이래요

양지내

나 어릴 적
양지내는 나의 놀이터

빨래 방망이 두들기며
엄마 따라 빨래하던 곳

송장수영, 개구리수영
물장구 치며 하루가 가고

양지냇가 토끼풀로
꽃반지 만들어
두 손 꼭꼭 약속하던 곳

* 양지내 – 전북 순창읍에 있는 천(川)

꽃무릇 동산

학교 동산에 빨간 꽃들이 피었어요

땅바닥에서 쑥 올라온
가느다란 줄기 위에
눈부시게 화려한
빨간 꽃

꽃이 먼저 피었다가 지고나면
그제서야 초록색 잎이 난대요

선생님께 들은 꽃무릇 전설

꽃과 잎이 함께 필 수 없는
슬픈 사랑 이야기

꽃무릇을 볼 때마다
참 안타까워요

분홍산

산벚꽃이 핀 산은
분홍산

버찌를 좋아하는
새들아
모두 분홍산으로 모여라

산벚꽃을 좋아하는
사람들아
모두 분홍산으로 모여라

산벚꽃 핀 분홍산에서
우리 만나자

여기 반딧불이

제 4 부

야옹이 스크래치

참새 목욕탕

우리 학교에 있는
작은 연못
분수대도 있고
금붕어도 산다

난 이곳을
참새탕이라고 부른다

아이들이 없는 시간에
귀여운 참새들이 찾아와

포르르 포르르
물도 먹고 날개도 씻는
고마운 참새 목욕탕

봄 축제의 시작

매화꽃과 벚꽃이
봄축제의 시작을 알린다

하얀 팝콘이 펑
분홍 팝콘이 펑

사람들은 벌나비가 되어
팝콘나무를 찾는다

개미 무덤

개미들 사는 모습이 궁금해
개미집을 샀다

투명상자 안에 갇힌 개미들이
열심히 굴을 판다

개미 한 마리가 죽었다

다른 개미들이
죽은 개미를 묻어 주었다

개미무덤
처음 보았다
마음이 아팠다

꿈꾸는 도서실

날마다 찾아가는
우리 학교 3층
가장 밝은 곳

책들이 가지런히 놓여
항상 나를 기다리는 곳

오늘은 무슨 책을 읽을까?
반짝이는 눈으로
책을 고르는 나

도서실에 다니는 동안
내 지식이 풍부해졌다
내 마음밭이 넓어졌다

달과 별이 사는 곳

시골 할머니네 집에서
밤하늘을 보았다

검정색 하늘에
노란 반달과
반짝이는 별들이
동화책 속 그림처럼 빛났다

도시의 우리 집에서는
보이지 않던 달과 별들이
공기좋은 시골에 모여 살고 있었다

나만의 방

언니랑 나는
같은 방을 쓴다

큰 방은 엄마랑 아빠 방
작은 방은 오빠 방
다른 작은 방은 우리 방

나도 내 방이 있었으면 좋겠다

분홍 침대에
하늘 구름 이불
연두 책상에 노트북 한 대
예쁜 옷들로 가득찬 공주님 옷장과
좋아하는 책들이 가득한 금빛 책장

날마다 나는
행복한 꿈을 꾼다

땅콩 투룸

땅콩 두 알이
방 하나씩 차지하고
투룸에서 산다

방에서 딩굴딩굴
굴러다니기도 하고
정 심심하면
바로 옆방 땅콩 불러
다글다글
수다도 떨면서

알콩달콩
땅콩땅콩
재미나게 산다

작은 씨앗 하나

작은 씨앗 하나 땅에 툭 떨어졌다

겨울이 지나 따사로운 봄날
간질간질
뿌리가 생기고
새싹이 쏙 올라왔다

아기 나무는
키가 크고 몸이 자라면서
아빠를 쏙 빼닮았지
엄마를 쏙 빼닮았지

옆에서 형제 나무들이
함께 자라며
어깨를 스치며 장난을 건다

아기나무는 이렇게 숲이 되었다

섬이다

혼자 사는 이웃집 할머니는
섬이다

친구 하나 없는 이모는
섬이다

바다 가운데 둥둥 떠 있는
섬이다

갈매기도 찾아오지 않는
통통배도 지나가지 않는
참 쓸쓸한 섬이다

빈 병

참기름이 담긴 병은
고소한 냄새가 나고

로즈마리 향수병에서는
은은한 소나무향기가 난다

빈 병에서는
바람 소리가 난다

좋은 향기를 담고 싶은
빈 병의 바람 소리

얼굴

엘리베이터에서 만나는
웃으며 인사하는
상냥한 아래층 아줌마

날마다 인사해도 대답없는
무뚝뚝한 윗층 아저씨

나만 보면 반겨주는
세상에서 제일 좋은 우리 할머니

다른 사람들 눈에
난 어떤 얼굴일까?

하얀 달

밤새 날을 새우며
세상을 구경하던 달
얼굴이 하얗다

배고픈 고양이 길 밝혀주고
집 잃은 갈매기도 따라다니느라

마음이 아팠나 보다

야옹이 스크래치

캣타워에 빗줄로 감아둔
스크래치 기둥에
밥 달라고 야옹거리며
박박 긁더니

강아지랑 놀다가
꼬리 물려 펄쩍 뛴 고양이
캣타워로 달려가더니
또 박박 긁는다

스트레스 받으면
스크래치 남긴다

행복 주머니

초록 이파리 사이에
주황색 아기 석류 달렸다

조그만 주머니 속에
붉은 보석들 가득 담아

햇님 얼굴 보고 웃고
달님 얼굴 보고 웃고

행복 주머니 키워가며
날마다 웃으며 산다

격포항

노을이 어두움을 몰고 오면
격포항은
가게마다 불을 켜고
밤을 맞는다

등대는 바다를 지키고
사람들이
잠자리에 들어가면
고래는 파도를 베고 꿈을 꾼다

그런 날 격포항은
밤을 새워 노래를 부른다

꽃밭 공연

회색 커튼 드리워진 장마가 끝나면

파란 하늘에 제일 먼저 잠자리들이 등장하고
뒤따라 나비 꿀벌이
나온다

백일홍은 분홍 족두리에 초록 치마
장미꽃은 빨강 드레스
키 큰 해바라기는 멀찌감치 앉았다

왕매미 선창에 매미들의 합창 소리

어쓰왕 어쓰왕 어쓰왕 와
앉으씨용 재미쓰씨용

8월 한낮 꽃밭 공연이 끝날 줄을 모른다

보리밭

보리밭 사잇길을 걸어갑니다

초록물결이 일렁이고
향기로운 바람이 몰려옵니다

산에서 불어오는 꽃바람
하얀 아카시아 꽃바람

양팔을 벌리고 걸어봅니다
크게 숨을 쉬어봅니다
나도 바람이 됩니다

삐삐 뿌뿌
보리피리 소리가
들려옵니다

시냇물

시냇물은 입이 있나 보다
졸졸졸
노래를 부르는 것을 보니

시냇물은 발이 있나보다
멀리멀리
강을 향해 달려가는 것을 보니

시냇물도 꿈이 있나보다
드넓은 바다로 모여드는 것을 보니

길

굽은 길은 좋다
넓은 길은 좋다
오르막길도 내리막길도 좋다
골목길은 더 좋다

길을 따라가면 누군가를 만나고
길을 따라가면
이 세상 끝까지 갈 수 있다

모든 길은 모두
길이 아니다

내가 딛고 지나갈 때
비로소
그 길은 나의 길이 된다

은행나무 참새네 집

짹째글 짹째글
참새들이 몇 마리나 될까?

배롱나무에서
참새 한 마리가
은행나무 속으로
쏙 들어간다

다른 참새들도
포르르르 날아오르더니
쏙쏙쏙 들어간다

하나, 둘, 셋, 넷, 다섯...
다 못 세었는데 사라졌다

쉼터

우리 마을 느티나무
푸른 잎이 무성해지면

할머니 할아버지들
이야기 꽃이 피고
지나가던 사람도
쉬었다 간다

해님도 기웃기웃
바람도 기웃기웃

느티나무 그늘은
참 좋은 쉼터다

감나무

할머니네 집 감나무는
몇 살을 먹었는지 아무도 모른다

등이 굽고 울퉁불퉁한 감나무
가만히 보니
구멍이 있다

오늘 아침에
구멍 속에서 새 한 마리가
쏙 나오더니
힘차게 날아오른다

감나무가 생명을 살리고 있었다

텅 빈 운동장

코로나19로 텅 빈 학교에
매화꽃이 피고
수선화가 피었다

축구공 하나가
텅 빈 운동장을 지키고 있다

언제
친구들이 모여
축구공을 쏘아 올리나

돌아오는 발걸음이 무겁다

웅덩이 놀이터

비 그친 운동장에 물웅덩이가 생겼다

해님이 얼굴을 내밀자
아이들은 첨벙거리고
참새들은
목욕탕이 생겼다고
몸을 담근다

내가 물웅덩이에게 얼굴을 비추자
바람이 같이 놀잔다

산타클로스 할아버지

해마다 크리스마스 날에는
산타클로스를 기다린다

빨간 옷 하얀 수염
그리고 커다란 선물 보따리
루돌프 사슴이 끄는 썰매를 탄다는
산타클로스 할아버지

아홉 살 때 이미
산타클로스는 없다는 걸
알아버렸지만

12월에 눈이 내리고
크리스마스가 다가오면
허허허 웃으시며
내게 선물을 안겨주러 오실
산타클로스 할아버지를 기다린다

작고 사소한 것들이 시시詩詩한 시가 될 수 있어

-이길남 동시집 '아기 반딧불이'를 중심으로-

- 시인
- 한국문인협회 정책개발위원
- 고글출판사 대표

연규석

우리 주변에는 작은 것들이 눈을 사로잡고 감동을 주는 경우가 많다. 압정 같은 민들레 한 송이가 거대한 지구를 들고 있는 모습이라던가, 새의 깃털이 바람에 날아가는 모습에서 생명의 소중함을 느낀다.

이길남 시인의 동시집 '아기 반딧불이'를 읽으면서 사소한 소재들도 좋은 동시가 될 수 있다는 것을 새삼 느꼈다. 우리 주변에는 작은 것들이 크고 대단한 것보다 더 가치 있고 귀한 것들이라는 사실에 놀라기도 한다.

문학 장르에는 대작들이 많다. 소설에서는 최명희의 '혼불'을 비롯해서 박경리의 '토지', 조정래의 '아리랑, 이문열의 '삼국지' 김주영의 '객주' 황석영의 '장길산' 등 현대에 와서 더 두드러진다. 물론 고전에도 대작들은 많다. 장편소설들은 작가나 독자나 할 것 없이 문학사에 길이 남을 것이고 큰 감동을 줄 것이라고 믿기도 한다.

이런 현상은 시詩나 동시에도 예외가 아니다. 시에 있어서는 김지하의 '오적', 이상의 '오감도', 구상의 '강' 고은의 '만인보' 등은 규모가 크고 웅장한 연작시들이다. 동시로는 박경용의 동시집 '음악 둘레 내 둘레'에 104편이나 되는 엄청난 분량의 '연작시'가 있다. 보통 시인으로서는 엄두도 못 낼 작업량이다. 1963년 조선일보 신춘문예 동시를 당선한 초중고 교사였던 동시인 문삼석의 '산골 물'이나, 골목이 주제인 이준관의 '골목길 이야기'나, 윤삼현의 '겨울새' 70여 편의 연작시도 마찬가지다.

하나의 주제로 서로 다른 제목과 형식을 통해 여러 편의 연작시 쓸 때 권장 사항으로 제목과 편수를 정한 뒤 연작시의 의도를 드러내면서 써야 한다는 것이다. 이 때 제목을 후원하는 부제를 붙여 시의 주제를 살려야 동시가 한층 돋

보인다. 또한 동일한 제목으로 연작시를 쓰는 경우다. 이 때 시인은 일상에서 발견한 대상을 작품으로 형상화해야 한다. 그것은 범속함을 벗어나 문학적 쓸모에 적합하게 선택한 소재로 시적 맥락 안에서 해석해야 좋은 동시가 된다.

동시집 '아기 반딧불이'에는 모두 100여 편의 동시들이 실려 있다. 그 동시들의 주제는 아름답고 순박한 아이들 본래 마음인 동심을 추구하고 있다. 톡톡 튀는 시어는 감칠맛이 나면서도 교훈적이기도 하다. 시의 그림인 이미지는 반짝반짝 살아 움직인다. 거기에다가 어린이들의 언어에 귀 기울이며 한 발 더 나아가 어린이들의 마음을 헤아리는 동시들로 엮어 가고 있다.

뿐만 아니라 이길남 시인은 '동시는 시인들의 전유물이나 소유물이 아닌 어린이들과의 공유물이 되어야 한다'고 말하고 있다. 그 말을 뒷받침이라도 하듯이 이길남 시인의 동시들은 먼 곳에서 찾은 것이 아닌 손에 잡힐 듯 가까운 데서 발견한 것들이 많다. 어린이들과 생활하는 학교현장을 비롯해서 길을 걷다 문득 부딪치는 지연 현상, 생활에서 보고 느낀 것들이 주를 이루고 있다. 이처럼 동심을 느끼게 하는 것들을 시심으로 건져 올려 소박하게 노래하고 있다. 시인의 동시들을 따라가면서 동심에 젖어보자

■ 자연에서 발견한 친 환경적인 세상을 노래하다

　이길남 시인은 자연 현상을 통해 아름다운 세상을 보고 어린이들의 참 모습을 발견하며 찬탄하고 있다.
　시적 시선은 자연처럼 정직하고 순박하고 자연스럽다. 친 환경과 자연보호를 은연 중 노래한다. 뿐만 아니라 함께 살아가는 사람들의 모습을 관조하고 있다.

　1)
　봄 언덕에서 쑥들이

　여기도 쑥
　저기도 쑥

　쑥쑥 자라고 있다

　한 바구니 캐서
　집으로 왔다

　향기 좋은 쑥국 먹고
　나도
　쑥쑥 자랄 것이다

동시 '쑥쑥'은 쑥을 이야기하고 있지만 속뜻은 어린이들의 자람을 빗대어 이야기하고 있다는 것을 금새 알아차릴 수 있다. 시 속에서의 쑥은 '어린이'다. 사회에서 버림받고 소외된 주변인들을 나타낸 것이기도 하다.

동시는 표면에 나타난 모습과 뜻만 가지고 해석해서는 재미가 없다. 상상력을 펼쳐서 속뜻을 짐작해 보면 색다른 즐거움을 느낄 수 있다. 이길남 시인은 하찮은 쑥에서 새로운 뜻을 발견해 내는 시선이 예사롭지 않다.

2)
햇살 좋은 봄날
엄마하고 산에 갔어요

큰소리로 메아리를 불렀어요
산이 흔들흔들 했어요

내려오는 길에
나무들이 새로난 잎을 내밀었어요

엄마는
산 사람이 되려고 산에 오르는 것이래요

-「등산」전문-

동시 '등산'은 깔끔한 풍경화를 보는 것처럼 신선한 느낌을 주고 있다. '내려오는 길에/ 나무들이 새로난 잎을 내밀었어요// 엄마는/ 산 사람이 되려고 산에 오르는 것이래요'라는 표현은 맑고 투명한 마음 바탕을 지닌 시인이 아니고서는 엄두도 내지 못할 멋진 표현이다. 큰소리로 메아리를 부르고 산이 흔들 흔들거리는 모습은 바로 사람과 사람들이 어깨를 걷고 어우러져 사는 아름다운 세상에 대한 시인의 간절한 희망이고 꿈이라고 할 수 있다.

3)
밤새 날을 새우며
세상을 구경하던 달
얼굴이 하얗다

배고픈 고양이 길 밝혀주고
집 잃은 갈매기도 따라다니느라

마음이 아팠나 보다

-「하얀 달」 전문-

　헐벗은 나무 가지에 걸인 하얀 달(銀月) 낮달은 창백하다 때로는 하얀 달이 꽃보다 아름다울 수가 있다. 밝기로 따지자면 해(日)의 적수가 되지 못한다. '배고픈 고양이 길 밝혀 주고/ 집 잃은 갈매기도 따라다니느라// 마음이 아팠나 보다' 시인의 시를 따라가다 보면 하얀 달을 가슴에 담아 두고 싶은 밤을 만난다. 얼마나 마음을 다 해야 하얀 달이 될 수 있을까? 얼마나 환히 비추어야 저렇게 밝은 하얀 달이 될 수 있을까? 얼마나 더 살아야 달님 마음 헤아릴 수 있을까? 하얀 달을 가슴에 품으며 생각하게 하는 동시다.

4)
여름밤이었다

냇가에서 울고 있던
아기 반딧불이가
꽁무니에
별을 달고

158

하늘로 치솟았다

은하수 건너 저편으로 간
엄마가
보고 싶어서

아기 반딧불이는
밤이 새도록
밤하늘에서 반짝거린다

-「아기 반딧불이」전문-

동시 '아기 반딧불이'는 본 동시집의 표제시다. 표지 제목
으로 쓴 걸 보면 시인이 아끼는 시임에 틀림없다.
아빠 반딧불이에게 아기 반딧불이가 물었다. '아빠, 나도
빛을 내고 있는 거 맞나요?' 그러자 아빠 반딧불이는 아기
반딧불이를 깜깜한 어둠속으로 데려갔다. 아기 반딧불이가
어둠은 무섭다고 말하자 '아들아, 네가 어둠속에 있을 때 그
때 비로소 너의 진가를 알 수 있는 거란다.' 어둠이 짙어야
밤하늘의 별이 빛나는 것처럼…
요즈음은 보기 힘든 '아기 반딧불이'는 어른들에게도 추억
을 불러내기에 충분한 동시 소재다. 꽁무니에 불을 매달고

여름밤 하늘을 나는 반딧불이는 신기할 뿐만 아니라 친환경이야 말로 우리들이 이루어할 사명임을 시인은 말하고 있다.

■ 학교현장에서 어린이들과 교감을 통한 어린이 사랑이 감동적이다

이길남 시인은 현재 초등학교 교장선생님이다. 시인은 교사는 기본적으로 어린이를 사랑하는 충만한 인격과 강한 도덕성이 있어야 함은 물론 어린이들을 공평하게 대해야 한다는 소신을 갖고 있다.

동시집 '아기반딧불이' 실려 있는 동시들은 학교 현장에서 건져 올린 시편들이 많다. 시를 읽을수록 어린이들의 잘못까지도 이해하고 사랑하는 마음과 어린이들을 바라보는 따뜻한 시선이 가슴에 스며든다.

1)
아이들이 쉬는 날엔 참새들이 학교 주인

1교시는 노래 부르기 시간
짹째기 째작짹

짹짹짹 짹째기

다음은 체육시간
배롱나무 가지 사이를
통과하기 실시!
토끼풀 더미에서
폴짝 쏙 폴짝 쏙
점프연습

점심시간이 되면
꽃밭에서 콕콕콕
맛나게 쩝쩝쩝

아이들이 쉬는 날엔 참새들이 학교 주인

-「참새 학교」전문-

　참새는 어린이들을 대표하는 새다. 생김새도 어린들처럼
작을 뿐만 아니라 재잘대는 모습이 흡사 어린이들과 같다.
다수가 몰려다니는 특성상 무지하게 시끄럽다. 수십 마리가
입을 모아 짹짹거린다. 큰소리로 쫓아내도 단 몇 초도 안
되어 다시 떠들기 시작한다.

잡식성인 참새는 곡식은 물론 벌레를 주식으로 한다. 추수기에 낟알을 먹어치운다고 해조라고 단정한다. 그러나 박멸하면 오히려 농사를 짓는 데 애로사항이 될 수 있다. 이런 참새를 이길남 시인은 의성어와 의태어를 적절히 사용해 한 편의 동시로 만들었으니 기발하지 않은가?

동시를 읽으며 어린이들이 푸른 하늘을 수놓으면 좋겠다는 소망을 가져본다.

2)
수업시간에 내리기 시작한 눈이
운동장에 많이 쌓였다

하교 시간이 되었다
나랑 내 친구는
눈을 뭉치고 굴려
교문 옆에 눈사람을 완성했다

내일 아침
친구들이 깜짝 놀랄
신랑 눈사람
신부 눈사람

첫 눈 내리는 날
우리 곁에 왔다

-「첫 눈 내리는 날」 전문-

첫눈이 내리면 사람들은 창가로 나와 첫눈을 맞이한다.
첫눈은 하늘의 눈 '천눈天目'이다. '천눈'을 바라본다는 것은
거룩한 일이다. 첫눈 내리는 날 만나자는 옛 친구가 있는
사람은 행복하다.

수업시간에 내리기 시작한 눈을 뭉치고 굴려 눈사람을 완
성했다면 그 어린이 기분은 어떨까? 생각하는 자체만으로
마음이 서늘해진다. 내일 아침에 등교하는 친구들이 깜짝
놀랄 일을 생각하면 요즘 어린이들 말로 기분이 째지고도
남을 일이다.

3)
올라갈 때 야호 내려갈 때 쿵덕
시소는 양팔 저울

몸무게가 많이 나가는 철수는
혼자 타고
가벼운 나와 순영이는

둘이 탄다

우리가 내려가면 철수가 올라가고
철수가 올라가면 우리가 내려간다

시소는 거짓말을 하지 않는다

- 「시소」 전문-

　시소Seesaw는 긴 널판의 한 가운데를 괴어 양쪽 끝에 사
람이 타고 오르락내리락하게 만든 놀이 기구이다. 일반적으
로 균형점이 가운데에 맞추어져 있다. 각기 양쪽 끝에 탄
사람은 한 번에 한 사람씩 발을 굴러 반대 편 얼굴을 마주
보며 위로 솟아오른다.
　균형을 맞추기 위해 '몸무게가 많이 나가는 철수는/ 혼자
타고/ 가벼운 나와 순영이는/ 둘이 탄다' 화자의 말이 귀엽
다. '시소는 거짓말을 하지 않는다'는 진실성까지 보이는 동
시다.

　4)
우리 학교에 있는
작은 연못

분수대도 있고
금붕어도 산다

난 이곳을
참새탕이라고 부른다

아이들이 없는 시간에
귀여운 참새들이 찾아와

포르르 포르르
물도 먹고 날개도 씻는
고마운 참새 목욕탕

-「참새 목욕탕」 전문-

닭들이 모래나 흙에서 목욕을 하듯이 참새도 당연히 목욕을 하고 산다. 깃에 붙은 진드기 같은 것들을 털어내는 것이다.

'우리 학교에 있는/ 작은 연못/ 분수대'는 참새들에게 최고의 목욕탕이다. 녀석들 고마움을 알지 모르겠다. '포르르 포르르/ 물도 먹고 날개도 씻는/ 고마운 참새 목욕탕'을…

우리 주위에 흔히 있거나 볼 수 있는 것들 이길남 시인은 허투루 보지 않고 날카롭고 섬세한 시선으로 비켜서서 사물을 바라보고 있다.

　고요한 마음으로 사물이나 현상을 관찰하거나 비추어 본다는 관조觀照를 생각하게 하는 동시다.

■ 생활조각 맞추기 같은 동심을 발견하는 기쁨을 갖다

　생활이 생기발랄하고 갓 잡은 생선처럼 팔딱거리는 사물들이 해저의 유물처럼 발굴을 기다리고 있다. 하지만 이성의 레이더망에 잘 잡히지 않아 안타까운 때가 많다

　생활을 재발견하는 사람이 시인이자 작가들이다. 이길남 시인은 각별한 필치로 동시를 그림처럼 그려내고 조근조근 이야기하고 있다. 생활 속에서 살아 있는 것들이 우리에게 보여주고 가르쳐 주는 것이 무엇인가를 묻고 대답하고 있는 것이다.

　1)
놀이공원에서
후름라이드 타려고 줄을 서 있었다

바람이 불자
천 원짜리 한 장이
나뭇잎들과 함께
슬그머니 내 곁으로 굴러왔다

본 사람이 아무도 없다
이걸 주울까?
말까?
갈등이 생긴다

-「천 원짜리의 갈등」 전문-

'천 원짜리의 갈등'은 읽는 이에게 재미를 주고, 인물의 성격과 주제를 잘 드러내고 있다. 갈등은 마음속에서 생각이나 하고자 하는 일이 부딪쳐 나타나는 '내적 갈등'과 인물과 다른 인물 또는 사회, 자연, 운명 등이 부딪쳐 나타나는 '외적 갈등'으로 나눌 수 있다.

갈등의 '갈葛'은 칡을, '등藤'은 등나무를 가리킨다. 칡과 등나무가 같은 나무에 감아 올라가게 되면 칡은 왼쪽으로, 등나무는 오른쪽으로 감아 올라가기 때문에 서로 얽혀 문제가 생긴다.

놀이공원에서 바람에 날아 온 천 원짜리를 주울까? 말까?

양심과 비양심과 싸우는 심리 묘사가 돋보인다.

2)
따뜻한 밥과 국
맛있는 반찬들을 올리고
웃고 있는 우리 집 식탁

꼭꼭 씹어라
천천히 많이 먹어라

엄마 아빠가 텃밭에서 가꾼
각종 채소들이
맛있는 김치가 되고
나물이 되어

우리들은 키가 큰다
삼시세끼가 즐겁다

-「행복한 식탁」 전문-

행복한 식탁은 산해진미로 가득한 밥상이 아니다. 온 가
족이 둘러앉아 얼굴을 마주보며 숟가락 젓가락을 부딪치는

밥상이다. 거기다가 부모의 밥상머리 교육의 장이기도 하다. '꼭꼭 씹어라 /천천히 많이 먹어라' 건강을 염려하고 튼튼한 몸이기를 간절히 바라는 기도가 있다.

'엄마 아빠가 텃밭에서 가꾼/ 각종 채소들이/ 맛있는 김치가 되고/ 나물이 되어// 우리들은 키가 큰다/ 삼시세끼가 즐겁다' 더 이상 부언이 없어도 좋은 동시다.

3)
언니랑 나는
같은 방을 쓴다

큰 방은 엄마랑 아빠 방
작은 방은 오빠 방
다른 작은 방은 우리 방

나도 내 방이 있었으면 좋겠다

분홍 침대에
하늘 구름 이불
연두 책상에 노트북 한 대
예쁜 옷들로 가득찬 공주님 옷장과
좋아하는 책들이 가득한 금빛 책장

날마다 나는
행복한 꿈을 꾼다

- 「나만의 방」 전문-

옛날에는 나만의 방이 없었다. 형제자매들이 한 방에 기거하면서 다투고 싸우기 일 수 이었다. 요즘은 자녀를 하나 둘만을 두기 때문에 각자의 방이나 공간이 있다. 방에 컴퓨터는 기본이고 침대는 물론 오디오 시설까지 갖추고 산다.
동시 '나만의 방'은 나만의 방을 갖고 싶은 어린이의 간절한 소망을 노래하고 있다. 나만의 방에서 날마다 행복한 꿈을 꾼다는 말은 가슴 밑바닥에 깔린 희망이기도 하다.

4)
굽은 길은 좋다
넓은 길은 좋다
오르막길도 내리막길도 좋다
골목길은 더 좋다

길을 따라가면 누군가를 만나고
길을 따라가면

이 세상 끝까지 갈 수 있다

모든 길은 모두
길이 아니다

내가 딛고 지나갈 때
비로소
그 길은 나의 길이 된다

-「길」전문-

우리가 살아가는 세상에는 떠나야 할 길, 돌아오는 길, 머무르는 길 등 오고 가는 길이 많다. 이런 길들은 우리들이 만들고 그 길을 잊고 살기도 한다. 때로는 길을 묻고 길을 잃기도 한다.

'길을 따라가면 누군가를 만나고/ 길을 따라가면/ 이 세상 끝까지 갈 수 있다'는 시인의 말처럼 길은 공간이자 시간이다. 길은 걸은 만큼 지혜를 가르쳐 준다.

이번에 상재한 시인의 동시집 '아기 반딧불이'는 진한 사랑과 아울러 교훈을 주는 감동적인 동시들을 곳곳에서 발견할 수 있었다. 작고 사소한 것들이 시시詩한 동시가 될 수 있다는 것을 보여주고 있다.

속담에 '작은 고추가 맵다'라는 말이 있다. 겉보기에는 작고 볼품없는 사람이지만 재주가 뛰어나다는 의미의 속담이다. 사람의 가치는 겉모습만으로는 판단할 수 없음을 뜻한다. 서양에도 '사람은 길이로 측정할 수 없다Men are not to be measured by inches'라는 비슷한 속담이 있다. 모두 사람의 능력이나 됨됨이는 외형적인 크기와는 무관함을 말하고 있다.

이런 관점에서 본다면 작고 사소한 것들의 위대함을 감동적으로 전하기에는, 역시 동시로 표현하는 것이 더 효과적이라는 것을 이길남 시인은 증명하고 있다.

작은 돌들이 모여 돌탑이나 돌담을 만든다. 설령 커다란 돌로 쌓을지라도 돌과 돌 틈 사이에 작은 돌을 끼어 넣어 큰 돌을 받쳐 주는 것이다. 작은 돌의 힘을 보여주고 있다.

동시는 아주 작고 사소하고 보잘 것 없는 소재들을 대상으로 잘만 형상화하면 대작 소설이나 연작시 못지않다. 뿐만 아니라 큰 울림과 감동을 줄 수 있음을 이길남 시인은 보여주고 있다. 이런 점에서 그의 2번째 동시집 '아기 반딧불이'의 빛나는 가치다.

이길남 시인은 시어의 변별성뿐만 아니라 사물의 본질을 천착穿鑿하여 동시를 사랑하고 있음을 그의 동시들을 통해

서 알 수 있다. 또한 상상력의 환기를 통해 추구하는 시적 세계는 자아와 교감을 통해 공존하는 삶을 지향한다는 사실도 함께 발견했다.

　시적 언어와 행동이 일치하는 지점을 찾아가는 여정은 멀고도 지루하다. 그에 따른 가시적인 성과는 쉽지 않다. 다만 지난至難한 시간에게 끝없는 애정을 쏟아 부을 때 다디단 열매를 얻을 수 있다는 것을 상기하기 바란다. 아울러 영혼 없는 부자보다 남루襤褸 하지 않은 시인이 되라고 사족을 붙이면서 이길남 시인의 밝은 미래와 문학적 성장을 기대한다.

동시집

아기 반딧불이

· 지은이 / 이길남
· 그린이 / 이길남
· 발행처 / 도서출판 고글
· 발행인 / 연규석
· 초판 발행 / 2020년 11월 04일
· 주소 / 서울시 용산구 한강로 2가 144-2
       전화) 02-794-4490

값 15,000원

· ISBN 979-11-85213-25-5

※ 이 책은 전라북도 문화예술창작지원금을 받아 제작하였습니다.